Texte et illustrations : Marisol Sarrazin

Pépé, Flox et le facteur

À PAS DE LOUP

2 niveau

Je sais déjà lire

Dominique et compagnie

Données de catalogage avant publication (Canada)

Sarrazin, Marisol, 1965-
Pépé, Flox et le facteur
(À pas de loup)
Pour les enfants de 6 ans et plus.

ISBN 2-89512-075-7

I. Titre. II. Collection.

PS8587.A384P45 1999 jC843'.54 C99-940467-9
PS9587.A384P45 1999
PZ23.S27Pe 1999

Directrice de collection : Lucie Papineau
Direction artistique et graphisme : Primeau & Barey

Dépôts légaux : 3e trimestre 1999
Bibliothèque nationale du Québec
Bibliothèque nationale du Canada

Dominique et compagnie
Une division des éditions Héritage inc.
300, rue Arran, Saint-Lambert (Québec) J4R 1K5
Téléphone : (514) 875-0327
Télécopieur : (450) 672-5448
Courriel : info@editionsheritage.com

Imprimé au Canada

10 9 8 7 6 5 4

Nous remercions le Conseil des Arts du Canada de l'aide accordée à notre programme de publication, ainsi que la SODEC et le ministère du Patrimoine canadien.

LE CONSEIL DES ARTS | THE CANADA COUNCIL
DU CANADA | FOR THE ARTS
DEPUIS 1957 | SINCE 1957

SODEC
SOCIÉTÉ DE
DÉVELOPPEMENT
DES ENTREPRISES
CULTURELLES
Québec

À *Diane Langlois,*
ma grande amie, pour tous
ses sages conseils

Bonjour !
Je m'appelle Flox.
Et voici Thomas, mon maître.

Lui, c'est Pépé Sait-tout-tout.
C'est aussi mon grand-père !
Grâce à lui, un jour
je serai un bon, un beau, un vrai…
petit chien parfait.

Aujourd'hui mon grand-père
continue les leçons de choses à sa manière.
Il me dit les yeux ronds, le doigt en l'air :
     Flox, mon petit Flox,
     ce matin nous parlerons de guerre
     avec le pire ennemi de tous les chiens :
     le facteur, ce bon à rien !

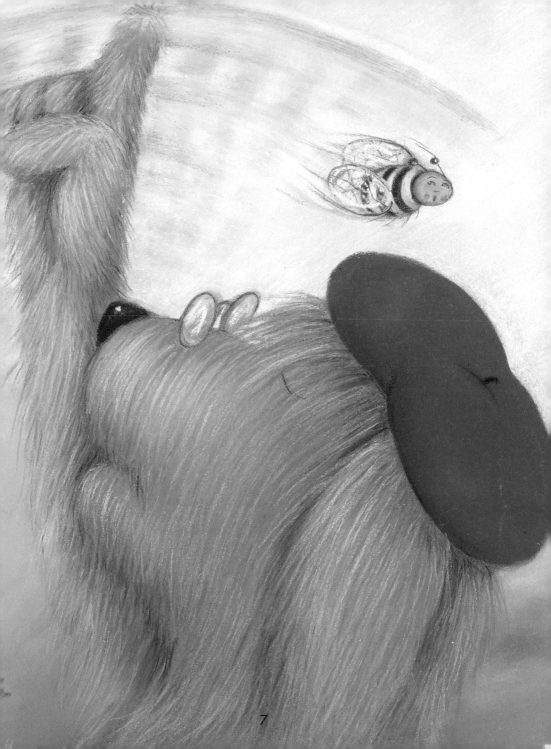

Pour bien surprendre cet intrus,
il faut se cacher dans le talus.
Notre ennemi juré ne va pas tarder
à montrer le bout de son nez.

Dressons les oreilles vers le soleil,
pointons le nez pour renifler,
ouvrons les yeux de notre mieux...
Voilà l'affreux !

Vite à plat ventre, il faut qu'on rampe!
Défense de rire et de sourire,
faut pas trembler, faut pas grogner,
faut surtout pas éternuer.

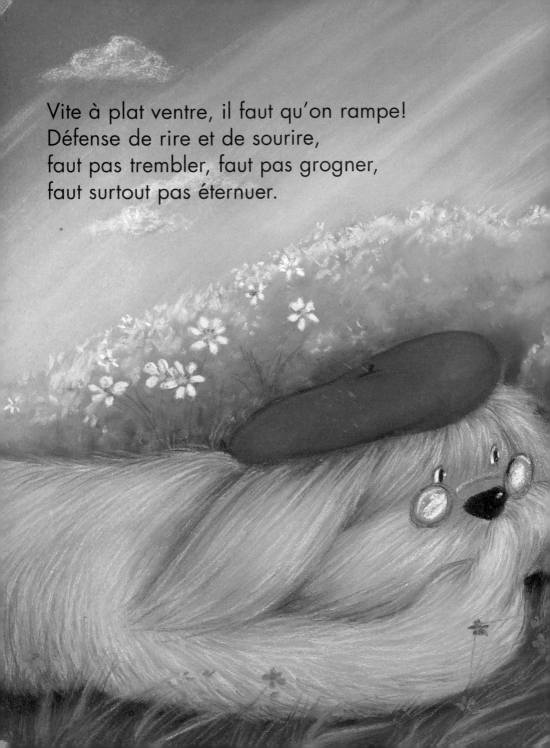

Flox, mon petit Flox,
entends-tu ces pas terrifiants
qui se rapprochent dangereusement?
Sens-tu cette odeur de vieille poire
qui nous crispe les mâchoires?

13

Flox, mon petit Flox,
vois-tu venir ces vieilles savates
brunes et molles comme des patates ?
Elles nous provoquent, faut qu'on les croque !

Oublie ton trac,
on passe à l'attaque !
Sors de ta cachette
pour lui en mettre plein les mirettes !

Première étape : tu grognes, tu jappes,
tu fais des bonds, tu tournes en rond,
tu te transformes en gros bourdon.

Tu étires bien son pantalon
dans toutes les directions.

C'est comme ça, mon garçon,
que l'ennemi tombe sur le gazon !

21

Tu lui lèches les pommettes
jusqu'à ce qu'il crie alouette !
et qu'il en perde sa casquette.

Tu lui mordilles les oreilles,
tu verras, ça marche à merveille,
il va entendre des abeilles !

Finalement, tu le chatouilles
pour qu'il gigote comme une grenouille
et qu'il se sauve comme une andouille...

L'ennemi s'enfuit en courant,
nous sommes encore les gagnants !
On s'est amusés avec lui
comme avec un vieux radis...

Il n'y a plus qu'à rapporter le courrier
à Thomas, ton maître adoré.

Ainsi, tout le quartier
saura que la maison est bien protégée...